AF321295

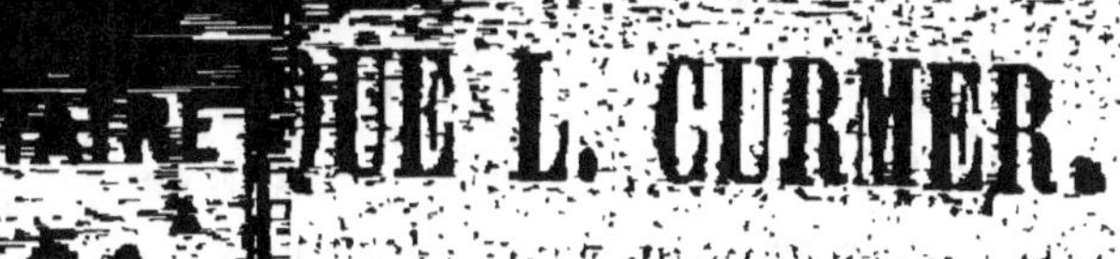

...GNEMENT UNIVERSEL.

SUR LES RAPPORTS

DES PATRONS ET DES OUVRIERS.

Par M. Victor GRANDIN,

Représentant du Peuple.

R.⁰ Centimes.

PARIS,

LIBRAIRIE L. CURMER,

rue de Richelieu, 49.

1848

La Bibliothèque L. Curmer est destinée à enserrer dans un vaste réseau de publications *tout* ce qui touche à l'ENSEIGNEMENT UNIVERSEL et à l'ENSEIGNEMENT ÉLÉMENTAIRE. Sous le premier titre, elle abordera toutes les questions qui sont en discussion dans le temps présent, et sous le second, elle donnera des notions sur toutes les sciences.

Elle fait un appel à l'*intelligence*, en la conviant à répandre ses bienfaits sur tous ceux qui ont besoin d'apprendre ; à la *richesse*, en l'engageant à populariser ces petits écrits et à les distribuer avec la profusion qu'ils méritent par leur but et leur importance ; aux *travailleurs*, en leur offrant un moyen sûr et peu dispendieux d'acquérir sans peine toutes les connaissances qui forment l'homme et le citoyen.

A l'aide des remises successives suivantes : 10-12, 20-25, 50-65, 100-140, on peut pour *dix francs* répandre 140 exemplaires de ces petits livres destinés à porter partout l'amour du pays, l'instruction et la paix.

Ces petites publications coûteront 10, 20, 30, 40 et 50 centimes, selon leur nombre de feuilles de 32 pages ; le prix de 10 centimes sera le plus usuel et les autres n'arriveront que par exception.

Paris. — Imprimerie de RIGNOUX, rue Monsieur-le-Prince, 29 *bis*.

DISCOURS

DE

M. VICTOR GRANDIN,

Représentant du Peuple,

SUR LES RAPPORTS

DES PATRONS ET DES OUVRIERS.

(Revu.)

———<>———

CITOYENS REPRÉSENTANTS,

Je ne viens pas à cette tribune pour parler sur le décret du 2 mars ; je viens seulement pour déplorer l'usage qui paraît s'être introduit depuis quelque temps, dans cette enceinte, d'attaquer toujours les patrons et de les accuser d'être la cause de la situation fâcheuse dans laquelle on est. (Bruit.)

On signale constamment les patrons comme s'enrichissant aux dépens des ouvriers. Nous avons eu de grands industriels, nous avons eu

Richard Lenoir (1) ; il a employé six mille ouvriers ; à sa mort, la vente de son mobilier a à peine suffi pour les frais de son inhumation. Sa respectable veuve vit, à l'heure qu'il est, de 400 livres de rente qu'elle tient de la générosité du ministre du commerce. Nous avons eu les Ternaux, les Neuflize, de Sedan ; les Gerdret, de Louviers, et tout récemment Griolet, de Paris. Que sont devenues toutes ces gloires de l'industrie française ? Elles ont

---

(1) Richard Lenoir avait fondé des établissements industriels non-seulement à Paris, mais encore à Chantilly, Saint-Quentin, Caen, Séez, Aunay, Alençon, L'Aigle et Verneuil. Le nombre total des ouvriers qu'il employait s'élevait, non pas à 6,000, comme je l'ai dit par erreur à la tribune, mais bien à 15,000. Dans chacun de ces établissements, il y avait une école gratuite et un médecin.

A l'époque des cent-jours, chef de la 8ᵉ légion, Richard Lenoir habilla à ses frais les habitants peu aisés des faubourgs Saint-Antoine et Saint-Marceau qui se présentèrent à lui pour seconder la garde nationale et défendre Paris, menacé par les alliés. Il convertit en hospice provisoire le couvent de la Croix, où, pendant trois mois, un nombre considérable de pauvres blessés furent soignés et nourris à ses frais. Beaucoup

succombé honorablement, sans doute ; mais enfin toutes elles ont succombé.

On parle d'association. Que seraient devenus, je le demande, leurs nombreux ouvriers, s'ils les avaient associés aux luttes qu'ils ont soutenues, à leur fortune, en un mot ? Leurs ouvriers auraient partagé leur sort. Au lieu de cela, leurs ouvriers ont profité, ou du moins ont été rémunérés avec le produit le plus clair,

---

d'entre eux vivent encore : ils peuvent dire quels regrets excita dans la classe ouvrière la perte de Richard Lenoir.

Le jour de sa mort, tous les ateliers de Paris se fermèrent en signe de deuil. Si le produit de quelques pièces d'argenterie, derniers débris d'une immense fortune honorablement acquise et perdue dans l'industrie, ne permirent pas à sa veuve de lui faire de splendides funérailles, en revanche, les nombreux ouvriers qui accompagnèrent et voulurent porter à sa demeure dernière celui qu'ils appelaient leur père, formèrent un imposant et touchant cortège. Bien que fort jeune encore, M. Ledru-Rollin prononça sur sa tombe un discours où il rappela les vertus et les services de Richard Lenoir. Les larmes qu'il fit couler prouvèrent qu'il avait été l'interprète fidèle de ceux qui l'entouraient.

le plus net des entreprises qu'ils ont tentées et réalisées. (Dénégation à gauche.)

Permettez : je ne dis pas que les ouvriers aient constamment obtenu une rémunération suffisante pour leur labeur ; non, et aujourd'hui moins que jamais, on ne pourrait le soutenir, et personne ne déplore plus que moi les malheurs de la situation. Mais lorsque mes confrères et moi, dans un intérêt qui nous est commun avec nos ouvriers, et alors que nous marchons de concert avec eux, nous cherchons de bonne foi un remède à cette situation, est-ce bien le cas, je le demande, de nous attaquer et de chercher à exciter la division entre nous? Nous, les patrons, que voulez-vous que nous fassions? Nos magasins sont remplis de marchandises que nous ne trouvons pas à vendre ; nous sommes forcés de nous arrêter.

Est-ce à dire pour cela que nous nous opposions à ce que désirent les ouvriers? Mais le décret du 2 mars, quelque onéreux qu'il nous fût, nous l'avons exécuté, et lorsque pour la première fois il a été question de le rapporter, qui donc est venu prier qu'on n'en fît rien? J'en appelle à M. le ministre du commerce, qui donc l'a supplié d'intervenir pour que cette question ne fût pas agitée ? est-ce que ce n'est pas nous ? est-ce que n'est pas sur la demande de la chambre consultative d'Elbeuf notamment, que la discussion qui s'agite aujourd'hui a été ajournée ?

Tous, nous avions compris que l'agitation produite par les passions politiques était trop vive encore pour que ces questions fussent examinées avec le calme et la réflexion que leur importance réclame. Et cependant, qui donc plus que nous souffre de la perturbation apportée dans les affaires par cette législation nouvelle qui nous oblige, d'une part, à produire moins, et d'autre part, cependant, nous contraint à augmenter les salaires ? Mais nous avions compris, je le répète, que les esprits agités pourraient se méprendre sur les motifs qui auraient dicté et nos démarches et nos réclamations. Pour mon compte, j'ai déploré que cette discussion vînt sitôt, et si j'avais pu éviter de prendre la parole, je me serais abstenu de grand cœur. Mais en présence des accusations incessantes dirigées contre nous, il ne m'était pas possible de garder plus longtemps le silence.

Faites une enquête; envoyez dans nos villes

manufacturières , et alors que constaterez-
vous? Ceci : c'est que la moitié la plus heu-
reuse des industriels a perdu la moitié de son
fonds de roulement, et que l'autre moitié a
perdu la totalité. Dans cette situation, que
vouliez-vous que nous fissions ? (Interruption.)
Les ouvriers se plaignent : pensez-vous que ce
soit en réduisant le travail à douze heures par
jour, que leur sort sera amélioré ? Soit, nous
y consentons ; que voulez-vous de plus?

Un représentant à gauche. — Il y a trois
semaines que vous avez fait travailler quinze
heures.

M. Victor Grandin. — Nous n'avons jamais fait travailler quinze heures. J'avoue que
parmi nous industriels , il y a eu quelques rares
et fâcheuses exceptions; mais dans la famille,
il se trouve aussi parfois des membres qui ne
font pas honneur à la famille.

Est-ce donc une raison pour dire que la famille tout entière est mauvaise? Oui, il y a
des industriels qui ont abusé, qui ont été au
delà de ce qui devait être fait humainement;
mais ce fut là une exception, et il faut prendre l'ensemble. Je déclare que dans nos villes
manufacturières s'occupant de la fabrication

des laines, à Elbeuf, à Louviers, je ne parle que de ce que je connais, treize heures et demie, voilà quelle a été la limite, jamais plus. Quant aux salaires, faites une enquête sur ces salaires, vous verrez s'ils sont insuffisants, et d'autre part, vous verrez aussi quels ont été nos bénéfices.

Et pour répondre un mot en passant à ce que disait tout à l'heure M. Corbon : « Associez-vous avec vos ouvriers, » disait-il. Mon Dieu, la question s'est présentée ; elle n'est pas nouvelle pour moi. Le jour où je me suis mis sur les rangs pour la députation, je me suis trouvé dans une réunion, en présence de 4,000 ouvriers. Je leur ai dit : Il y a trente-cinq ans que je suis avec vous. Si vous vous étiez associés avec moi, vous auriez fait une mauvaise affaire ; car je déclare que si aujourd'hui je réalisais mon actif, je ne retrouverais pas, par la vente de mon usine, ce que mon père m'a laissé, en y ajoutant ce que ma femme m'a apporté.

Et d'où vient cette situation ? C'est que la concurrence qui nous est créée au dedans et au dehors nous oblige constamment à renouveler notre mobilier industriel ; c'est qu'à peine avons-nous fait quèlques bénéfices, il nous faut, sous peine d'être débordés, devancés par nos concurrents, changer nos métiers anciens pour prendre des métiers plus perfectionnés. En définitive, ai-je dit aux ouvriers en me présentant à eux, je n'ai pas fait autre chose que de vous fournir les moyens de travailler. J'ai consacré ma fortune et mon temps à acquérir les instruments de travail dont se servent ceux d'entre vous qui sont employés dans ma fabrique. Si, à mesure que j'ai pu réaliser quelques bénéfices, je les eusse partagés avec vous, ces instruments de travail perfectionnés qui nous permettent, à vous et à moi, de lutter contre nos concurrents, nous ne les posséderions pas, et nous serions à l'heure qu'il est complétement inoccupés.

Je le répète, Messieurs, si j'ai pris la parole, ce n'est pas pour combattre le décret, c'est uniquement pour faire appel à l'union; mais, puisque j'ai été contraint de monter à cette tribune, qu'il me soit permis d'indiquer la situation qui nous est faite aux uns et aux autres, patrons et ouvriers, par ce décret.

M. Alcan nous a dit l'autre jour : Travailler douze heures au lieu de treize heures et demie, ce ne sera, quant à la draperie, qu'une augmentation de 15 centimes par mètre.

Je suis étonné que M. Alcan, qui a habité Elbeuf pendant dix-sept ans (il est vrai qu'il était complétement étranger à la fabrication et à l'industrie des laines), je suis étonné, dis-je, qu'il n'ait pas su que ce serait une différence beaucoup plus grande. Je l'ai chiffrée; si l'Assemblée me le permet, je vais lui en donner connaissance. (Oui! oui! Parlez!)

Voici la différence, et je l'accepte, mon Dieu! car la première chose, c'est de vivre en paix : ce n'est pas parce que nous sommes malheureux qu'il faut nous attaquer et nous détruire. (Très-bien! très-bien!)

Une voix. — Très-bien, monsieur Grandin; toujours de bons sentiments.

M. GRANDIN. — Voici ce calcul : Avant février, il se fabriquait à Elbeuf 75,000 pièces de drap, qui, à l'aunage de 50 mètres par pièce, produisaient 3,750,000 mètres. M. Alcan prétend que le décret du 2 mars n'a augmenté le prix de revient de ces 3,750,000 mètres que de 15 cent. par mètre; ce serait 525,000 fr. Ce serait déjà assez considérable; mais l'appréciation, le calcul, ne sont pas exacts.

té ; mais , si je me trompe, j'en serai charmé.

J'en reviens à l'association. Je dis qu'elle serait préjudiciable pour l'ouvrier, car ce serait le livrer à toutes les chances mauvaises du commerce. En effet, un achat est-il mauvais, un dessin, un article est-il mauvais, voyez la déception : au lieu de bénéfice , il y aura perte. L'ouvrier sera mécontent, privé d'un salaire suffisant, et nous, indépendamment de la perte que nous aurons à supporter seuls peut-être, qui nous garantit que notre bonne foi ne sera pas suspectée ? Une autre fois, nous aurons vendu à un homme qui ne nous payera pas. Il nous faudra dire à nos ouvriers : Nous ne sommes pas payés ; nous avons éprouvé une faillite. Qui nous dit que nous serons crus sur parole ?

Est-ce que le soupçon n'atteint pas tout le monde ? On croira que nous avons été payés et que nous n'accusons pas la vérité.

Nous aurons fait des expéditions à l'étranger, aux États-Unis par exemple, où, il y a quelques années encore, les expéditions étaient si désastreuses en résultats, que non-seulement il n'y avait rien à recevoir, mais qu'il fallait encore envoyer de l'argent pour liquider les opérations. Comment donc expliquer et démontrer aux ouvriers la sincérité de résultats semblables ? Ce serait à n'en pas finir si je voulais énumérer toutes les circonstances qui peuvent produire des pertes au lieu de bénéfices. Il faut avoir été dans les affaires pour apprécier combien la situation de patron est souvent difficile et malheureuse, sans parler des soucis et des embarras dont il est assailli dans ces moments de crises qui, dans ces derniers temps surtout, se renouvellent si fréquemment.

Mais, dit-on, il faut que l'ouvrier puisse se soustraire aux exigences du maître, et, par lui-même, il n'a pas le moyen d'échapper à son influence tyrannique. Mais d'abord, si la situation faite à l'ouvrier des fabriques est si mauvaise, comment se fait-il alors que nos campagnes manquent de bras, que ce soit encore aux ateliers que l'on donne la préférence? C'est qu'apparemment on trouve encore plus d'avantages à travailler dans nos ateliers qu'à travailler dans les champs; c'est qu'en effet la situation n'est pas aussi déplorable qu'on la dépeint.

Il y a dans l'industrie pour les bons ouvriers (et par bons ouvriers j'entends ceux qui ont de l'activité et de l'intelligence), non-seulement des salaires plus élevés que dans les campagnes, mais il y a même des chances d'arriver non pas seulement à l'aisance, mais même à la fortune.

Sur 300 patentés à Elbeuf, il y en a 200 qui par eux-mêmes, ou tout au plus par leurs pères, en remontant une génération en arrière, se trouvent être les fils de leurs œuvres.

En temps ordinaire, il aura suffi à un ouvrier formé et travaillant à la tâche d'avoir consenti pendant quelques années, cinq à six ans quelquefois, à être laborieux, à être sobre, pour avoir mis en réserve un capital suffisant pour commencer à devenir patron lui-même, et voici comment :

Quand un ouvrier est parvenu à mettre un millier de francs de côté, qu'il est notoirement connu pour bon sujet, comme honnête, bon père de famille ou bon fils ; quand, d'autre part, il a fait preuve d'activité et d'intelligence, le jour où il le veut, le crédit lui est ouvert. Il trouve un marchand de laine, qui lui dit : «Mon cher ami, si vous voulez vous établir, j'ai deux, trois ou quatre balles de laine à votre disposition. »

Et alors l'ouvrier lui-même limite son achat

en calculant ce qu'il peut payer de main-d'œuvre avec la somme qu'il a amassée, et cette
main-d'œuvre se réduit à bien peu de chose.
Ainsi il a acheté sa laine payable à six ou huit
mois; il n'a qu'à choisir parmi les teinturiers
qui lui offrent un crédit semblable pour teindre
ses laines; les établissements de filature, à leur
tour, lui offrent le même terme et réclament
de lui la préférence.

En fait d'argent comptant, le seul dont il ait
besoin est celui nécessaire pour payer le tis-
sage et quelques opérations accessoires; car,
pour les apprêts mêmes, il trouve des établissements publics qui lui offrent à l'envi
leurs services, de sorte que, sans posséder
aucune machine et pour ainsi dire sans atelier,
il a pu fabriquer son drap en moins de trois
mois, et, s'il a bien opéré... (Interruption.)

— Oh! je sais bien, Messieurs, que ces détails
sont très-ennuyeux...

Voix nombreuses. — Pas du tout! ce sont
de très-bonnes choses à dire. Parlez!

M. Grandin. — Quand son drap est fait, il
trouve immédiatement preneur, et dès qu'il
peut offrir les mêmes avantages que ses concurrents, il obtient souvent la préférence; la

valeur de son drap est réalisée avant d'avoir payé le marchand de laine, le teinturier, le filateur. L'opération terminée, il recommence, et voilà un homme qui, en moins de dix-huit mois ou deux ans, s'il est capable, et surtout s'il est un peu plus capable que les autres, devient définitivement patron.

Eh bien, voilà l'origine des deux tiers des fortunes d'Elbeuf ; et quant à ceux qui ont hérité d'un patrimoine, d'une fortune, qui ont trouvé une fortune toute faite, beaucoup d'entre eux ont disparu de la scène commerciale. Comptant sur leur fortune, ils ont contracté des habitudes de loisir et de bien-être, ils n'ont pas su soutenir la concurrence, ils se sont ruinés ; ils ont disparu pour faire place à ces ouvriers actifs et intelligents dont je parlais tout à l'heure.

Voilà, Messieurs, comment les choses se passent dans l'industrie que j'exerce, et j'ai lieu de penser, je suis même certain qu'il en est de même pour les autres industries.

Je ne veux pas entretenir plus longuement la Chambre de ces détails ; je veux terminer comme j'ai commencé, en faisant appel au bon accord et à l'union.

Oui, ouvriers et patrons, nous sommes malades; oui, nous sommes les uns et les autres très-malades, et, pour ma part, je crains bien que la fin de l'année ne soit signalée par d'épouvantables catastrophes ; je crains bien que les situations mises à nu ne nous révèlent les plaies les plus effrayantes. Je crains que les fortunes industrielles, véritables réservoirs à l'aide desquels les ouvriers eux - mêmes trouvent le moyen de traverser les temps difficiles, ne soient épuisées. Et cependant c'est contre ceux qui possèdent ces réservoirs qu'on cherche si imprudemment à exciter l'ouvrier. Que peut donc gagner l'ouvrier dans cette guerre à laquelle on semble le pousser?

Évidemment rien, car la ruine du patron, c'est la ruine de l'ouvrier lui-même; et de même, lorsque l'un prospère, l'autre prospère, lorsque l'un souffre, l'autre souffre également. Faisons donc appel, non pas aux sentiments de rivalité, mais aux sentiments de concorde et de générosité qui sont dans tous les cœurs, pour faire renaître entre le patron et l'ouvrier cette confiance réciproque, cet amour réciproque qui, s'il ne garantit pas le bien-être de l'un et de l'autre, les aide au

moins à supporter des temps d'épreuve. (Très-
bien! très-bien!)

Je rappelle, en terminant, à l'honneur de
mon pays, que toutes les chambres consulta-
tives, toutes les chambres de commerce, ont
été unanimes pour demander que l'on accor-
dât aux ouvriers la satisfaction que beaucoup
d'entre eux réclament. Dans leur confiance,
dans leur opinion, peut-être un peu surexci-
tées, ils croient que la limitation du travail
leur sera utile. Que tout le monde soit d'accord pour leur accorder cette satisfaction,
faisons-en sincèrement l'expérience; nous
sommes tous animés des meilleures inten-
tions, et s'il en est parmi nous quelques-uns
qui, dans leur prévoyance, pensent qu'il est
de leur devoir de signaler les inconvénients
auxquels on s'expose, croyez bien qu'ils n'ont
pas moins de cœur que les autres. (Des mar-
ques nombreuses d'une vive approbation ac-
cueillent ce discours.)